五行歌集

紬

- Tsumugi -

高原　郁子
Kohgen　Kaguwashi

まえがき

私は今まで一度も五行歌を作ったことがない。五行歌とは、魂の中から出て来る叫び声だと思っている。音符のように次から次へと言《こと》の葉《は》が魂から溢れて来る。只《ただ》それを紙に書き連ねているだけである。

歩いていたり、電車に乗っていたり、映画を観ていたり…様々な日常の中で突如として言の葉が溢れて来る。忘れない内に紙に書き留めなければならない。

頭の中の言葉を全部出してしまうと、非常にすっきりする。でも二～三日で前頭葉が言葉で満タンになる。その繰り返しである。

私は、幼少の頃からこの様な前頭葉を持っていた。

三度の飯より文章を作るのが大好き。

一冊目の歌集を出した時、こう思った。まるでお腹を痛めて産んだ我が子を世に送り出すようだと。

五行歌は私自身だ。何の飾り気も無い私自身なのだ。昨年に続き二冊目の歌集を出すことになり、非常に気持ちが高揚している。

歌集を出すということは、歌人冥利に尽きる。この様な機会を与えて下さった草壁先生はじめ、市井社の皆様に心から感謝申し上げたい。

高原郁子

目次

まえがき 2
I 7
II 23
III 37

IV 49
V 63
VI 77
VII 89
跋 草壁焔太 100

I

満月を見て想ふ
おばあちゃんも
何処かで見ている？
この満月を
何処で見ている？

歌の世界に入りて
我は
幾時代をの
旅を始めた
同じ道行く者多し

我は娘が
祖母になる姿を
見られない
だが天上界から
眺めをり

祖母との
最後の別れ
我が頬を
祖母の頬に
触れをりて

ドイツの
ノイシュヴァンシュタイン城
覚えるのに
二年も
費やした

祖父は病院で
亡くなった
晩年
廊下で擦れ違う度
中庭を只眺めていた

実家の仏壇の引出しに
第二次世界大戦中の
日記有り
故人は実家に婿入りし
空に散った

早世した人は
皆生まれ変わり
生きている
きっと…きっと
生きている

間違いないこと
我が此の世を
去っても
娘は残る
娘に何を残そうか

薄目を開ければ
腰の曲がった祖母が
我にかける布団を手に
廊下を引き摺《ず》り
歩みをり

主人の祖母が
火葬室に入る時
主人只一人
背を向けていた
言葉かけられず

母よりTEL有り
道の中央で
大亀を見付け
川まで引き摺ったと
やるじゃん!!

我は一体誰に
生かされているのだろう
そんな事考えている
暇が有ったら
家事をしろと我に言ふ

祖母との
思い出に
触れる時
私の心は
苦しみの中に有る

バラではなく
野に咲く
すみれの様な
たんぽぽの様な
人生を送りたい

棺桶に共に
入れたいもの？
娘です
一番入れたくないものも
娘です

娘…受験勉強
主人…あれっ？ いない
翌日飯台に
坊っちゃん団子が…
松山に出張してたのね

たんぽぽの
綿毛が飛んで来た
出来ることなら
摑まって
何処かへ飛んで行きたい

早春早朝
子孫の為にと
庭に桃の木を植える
私は残らずとも
桃の木は残るから

縮緬鼻緒の
下駄を
カラコロ
鳴らしながら
大学へ向かう

何色が好き？
空色が好き
何故それだけで
尾崎豊ファンだと
分かったの？

私と主人の
最初の子は
ジャカルタに眠る
小さなカプセルに入り
ジャカルタに眠る

亡き祖父が
七十点で決めろ
と言ったので
七十点で決めた
主人百点

娘が
少女から乙女へ
成長する
寂しくもあるが
やはり嬉しい

私のいびきが
うるさいと
主人と娘に
マスクを強要されをり
今宵もマスクの準備

女性は
一度出産すると
世の中の人間
全員を
産んだ気になる

世の御婦人達へ
三人以上の場合
Gメン歩きを
御遠慮
願います

我の
日傘もバッグも
着物も靴も
何もかも
親族の形見分け

娘の幼稚園時の
青い園服から
^_^ マークの
どんぐり発見
心がほっこり

Ⅱ

朝
起きたら
めちゃさぶいやん
昼は
ぬくうなるんやろ？

「夕映えは
あんず色」
世の中には
素晴らしい作詞家が
居るものだ

何故だろう
コンタクトすると
お洒落したくなる
我にも女心が
残っておったか

病床で父が泣く
娘二人の心配をして
お父さん
二人共
家庭が持てましたよ

生きていれば
誰もが
詩人である
あなたも
そして私も

秋の暮れに
祖母が呟いていた
「いつもこの時期弟が
柿を持って来て
くれよったのに」と

言葉は
時に
人を傷付け
時に
優しく人を包む

誰もが皆
船長だ
前だけを見れば良い
なあそうだろう?
そうだ

此の世は
自分の物である
他の誰の
物でもない
我が道を行けば良い

未来が分かる
この人次の駅で降りるな
当たる確率半分
そりゃあ
ただの偶然

たった五行の
歌なのだが
詠んだ後
映画を一作
観た気になる

私は毎日
娘と共に
高校に
行きたいくらい
娘を愛している

枯れたと
思っていた花に
諦めずに水を
あげていたら咲いた
生命《せいめい》ってすごい!!

閻魔殿《えんま》
天国へは私一人で
行くのですか？
「それが何か」
道が分からん！

それでは
御供《おとも》の者を
一人遣《つか》わします
この船にお乗りを
向うに見えるのが天国です

何？
見えているではないか
ならば
供《とも》など必要なし
私一人で行けます

閻魔殿
色々失言しましたが
お許し下さい
お世話になりました
「高原さんお元気で」

（高原さんUターン）
今何と？
お元気で…って
私は既に死んでいるから
元気ではない

「見た所
そのようには見えません」
見えない？
ならばお釈迦様に
直談判《じかだんぱん》するわ！

若くして
第二次世界大戦で
散った命を思えば
この一日一日が
非常に有難い

毎日
夫に
恋をしていれば良い
そうだろう？
そうだ

何故だろう
負けている人を
応援したく
なるのは
何故だろう

人生って
色々な事が
起きるから
面白いんだ
そうだろう？ そうだ

夕方の
鮮やかな
紅色《べに》に
毎日
打ちのめされている

Ⅲ

骨董屋で
「平安時代の
壺を求む」
当店には
置いてございません

「ならば明治のは?」
それならば
当店にございます
先日貴方《あなた》さまが
お持ちになられた壺が

「幾等《いくら》だ?」
二千円でございます
「私が百円で売った
壺が二千円?
おお、丁度二千円有った」

誠に有難うございます
お客様
大変申し上げにくいのですが
このようなやり取りが
彼此《かれこれ》一ヶ月《ひとつき》続いています

一度お医者さまに
行かれた方が…
申し上げにくいのですが
認知症では
なかろうかと

何だと！
わしを
とっしょり
扱い
しおって！

いえいえ
決してそのような
「ならば何故認知症だと？」
申し上げにくいのですが
お客様のお胸の名札に

わしの
この胸に？
わしには
全く名札が
見えんぞ

では私が
お取り申し上げます
はい、こちらです
「この距離では
字が見えん！」

え〜では
この辺で…
「何と書いておるのじゃ」
申し上げにくいのですが
…認知症

「何を抜かすか
こんな店には
もう二度と来《こ》ん」
明日の御来店も
お待ち申し上げております

今日も
前頭葉の苦しみから
抜けた
一歩現実に
前進したな

午前六時
花々達が
どうやら
咲き誇る準備を
始めたようだ

人生の
答えなんて
色々な所に
転がっているものだ
よく見てみろ

地位や
名誉が何だ！
そんなもの
何の
得にもなりゃしない

十代の子供達へ
先生に
遠慮するな
自分の心の声に
遠慮するな

先の事を
心配するなら
今の事を
心配しろ
名案だ！

前頭葉が
ほれ　このように
喜んでおるではないか
ぼんやりするな
次の文章が溢れて来る

人生は
最期の時が
最も
儚く
そして美しい

IV

夢なんて
見るものじゃない
この手に
入れる
べきものだ！

這《は》いつくばったって
私は
必ず天辺《てっぺん》に
上《のぼ》って
見せる

他者の
魂を
ゆさぶられれば
私は
ほくそ笑む

父上
今までお世話になりました
嫁いでも
父上の娘であること
決して忘れません

代達《そち》に
褒美を取らす
あれも
それも
持って行くが良い

我は
古代からやって来た
その
証拠を
今から見せる

妹はけんかになると
私にくってかかる
でも感《いざ》という時になると
真っ先に
私を助けてくれる

寂しい
悲しい
侘しい
そんな感情なんか
川に流せば良い

あっ！たんぽぽ
あっ！つくし
あっ！わらび
稚児達は皆
吟行が得意

シューベルト？
バッハ？
ベートーベン？
失礼だが我には
娘の奏でる曲が名曲

書く
描く
認《したた》める
綴る
記す

世の女性達へ
手に入りやすい
蜂蜜は
甘くないと
心得るべき

私にはどうしても
腑に落ちないことが有る
どうして
生まれた家の
墓に入れないのか

一番星
みいつけた！
お母さんも
みいつけた！
お母さんあれは飛行機

娘の足音が
バタバタうるさいと
思ったら
我も同じ足音だった
失敬失敬

弘法大師の
幼名は真魚《まお》
我の母校の
隣に有りて
我を守りて

東野英治郎さんの
水戸光圀が
一番好きである
まさか演じているとは
思わなかった

旧姓は
我の誇りなり
現在は我の代わりに
従兄弟達が
継いでくれている

幼き頃
歯磨粉を
食べていた
苺味が
余りに美味しくて

おじいちゃんの
びっくりする声が
楽しくて
毎晩祖父の布団に
潜り込んでいた

母に
きつく叱られる度
祖父の胸に飛び込んでいた
祖父が優しく私を見詰め
「おうおう…」

いつ通っても
「閉店セール」
の店がある
いつ閉店するか
見届けたい

京の都《みやこ》へ
嫁いだ妹が
我と同じ質問を
するのだと
母が笑ふ

V

火葬場で
何故
祖母の骨を
持ち帰らなかったと
今も我を責める

主人がいなければ
五行歌は生まれない
主人あっての五行歌
娘あっての五行歌
最後に私あっての五行歌

祖母の握った
結び以上の
結びに
これまで
出合ったことがない

死ぬのは
簡単なことではない
それと同じ
生きることも
簡単なことではない

主人が何故か
水槽前で
着替えていた
恥ずかしがるのなら
自室で着替えて下さい

横たわる
祖父のくちびる
葉でひたし
永遠の別れを
母と告げたし

爪をかみ
母に叱られ
物置きに…
一時間後
妹に救出された

さらさらと
小川のように
流れゆく
人生なんて
つまらない

桜舞ふ
季節が来れば
また一つ
年を重ねて
春を待つ

亡き祖母の
漬けた梅干し
幾瓶も
実家の納屋に
秘かに眠る

緑色が
美しい
私は今まで
どのような緑色を
見て来たのだろう

休みだからと言って
ぼやぼやするな
この前頭葉に
芸術品を多く
蓄えろ

瀬戸大橋を渡ったら
途端に讃岐弁炸裂
「ちょっとあんたら
かまん、かまんきん
ここに皆、座りな」笑

この駅弁の
ひじきの煮物
お父さんにも
食べさせて
あげたいなあ

私は五行歌を
一度も作ったことがない
五行歌とは
魂の
叫び声である

老人ホームの
父からTEL有り
「郁子、手紙有難う」
胸の奥がじんわり
履歴残しておく

朝陽の
色が
こんなに綺麗なんて
四十代になって
初めて気付いたよ

渡辺真知子さんの
「迷い道」
丸で私の為に
作られた
詩《うた》のやうだ

喜劇と
悲劇と
どちらが自分を強くする?
勿論
悲劇に決まっている

貴女《あなた》は
階段を上《のぼ》っているの?
下っているの?
下った事なんか
一度もありゃしない

順調に
駅弁が
買えそうだ
あんた
その事ばっかりかい！

幸せだったんだ
過ぎてみて
初めて分かった
今も充分
幸せだけどね

手が痛い
助手が
いないかなあ
え～高原さんに
助手はいません

人の悪口なんて
言っていたら
福が
舞い込んで
来る筈《はず》がない

私のフルネームが
デパート内に木霊する
顔を赤らめつつ
走ってインフォメーションへ
えんじ色の財布が待っていた

佐藤愛子さんの
「九十歳。何がめでたい」
借りたいです
「高原さん、八百人お待ちです」
ギョギョ!!八百一番目

VI

主人に誘われ
山に登りて
滑落しかけたので
二度と誘われない
それで良し！

高一の娘がテスト期間中
抜足　差足　忍足
娘の睡眠
妨げぬよう
今夜も母は忍者となる

いりこでとった出汁に
ポトンと卵を落とし
しょう油をちょっぴり垂らす
亡き祖母の思い出の卵汁
作った夜は必ず祖母に会える

高一の娘が幼い時に書いた
「ひみつきち」という板切れ
ごみとして捨てれず
私の部屋にしまっています
私の小さな「ひみつきち」

何年もかけて選んだ
新しいレインブーツ
雨もはじき悩みもはじき
使う度　小さな幸せを感じる
そんな　初秋を感じている

危ない橋を
渡らないぞと
思いつつ
いつも危ない橋を
態々《わざわざ》選んでいる

いつも
「のぞみ」に乗っているから
「ひかり」が遅く感じた
「ひかり」にブツブツ
文句言いつつ帰省

両親に会う度
老いて行く
そんな事考えている
暇が有ったら
孝行しろ！　はい

私は
老いた両親も
娘も残して
死ねない
ほんだら何時《いつ》死ぬん？

一々《いちいち》
うるさい
時が来れば
ちゃんと
死にます

未だ死ぬわけじゃない
今から生きる為に
都会で波に呑まれぬよう
山々を
目に焼き付けているのだ

母は
二十五年後の私だ
母上に孝行しろ
分かっている
気持ちでは分かっている

そう、私は
この山中で育った
山や川を
裸足で
駆け回りながら

帰省した翌日
故郷は雨で満たされた
母は非常に喜んだ
天よ恵みを有難う
一つ孝行出来ました

鳥よ
お前はいいな
自由に空が飛べて
鳥の方も同じ事を
考えているであろう

産まれた
その瞬間から
老いて行く
だから一日一日が
勝負だ！

大きな声を出すな
娘を起こすな
毎日我に呟く
ああ早く受験が
終わらないかなあ

電話かかって来るな！
え〜高原さん
それは先方《せんぽう》の
都合なのでかかることも
あるでしょう

スーパーで
主人に会った
異性に見えた
未だ恋しとるん？
うっさいわ！

母性より
深い
性なんか
此の世に
ありゃしない

Ⅶ

朝五時起き
いつも行くポストの
もう一つ先のポストへ
せっかちの高原さんにしては
珍しいね

娘が京都・奈良に
二泊三日の修学旅行
その間《かん》校長先生から
十度もメール有り
…大変ですね

高原さんを
黙らせるには
本と名曲を
与えれば
それで良い

瀬戸内海が見えた
母上、籠の中の
鳥が帰って来ましたよ
私は多分
ひねくれているのだろう

歌会でもらった
せんべいを
新幹線内で食す
前頭葉からムクムク
五行歌が湧いて来た

我は我に呟く
泣くんやったら出掛けろ
泣くんやったら
家へ帰れ
え～と、どっちなん？

お父さん
飛行機雲が
綺麗だよ
お父さんも
きっと見たいよね

何十年間も
眠り続けていた
精神が目覚めた
白雪姫の
御伽噺《おとぎばなし》のやうに

七夕の日に
天の川が
見られなかった
……
何てこった！

父の名は武良《たけよし》
亡き祖父と曾祖父は
武右衛門《ぶえもん》と
迷ったらしい
武良で正解！

父の介護手伝い
掌《てのひら》に
うんち乗せ
そーっと
運ぶ

そんなに
笑ふから
父のうんちが
指についた
何ともないわ！

冷蔵庫に食材無し
白飯に味噌
乗せ食す
天国のおばあちゃんも
一緒に食べようよ

家を出発するのも
寂しい
実家を後にするのも
寂しい
そりゃそうだ

娘を
残して
帰省する
大丈夫
主人が守るよ

万華鏡のやうな
指輪をもらった
これが三百円の
ビーズなんて
信じられない

朝陽と
夕陽と
どちらが綺麗だ？
そんな難しい問ひに
答えられるものか

我の作った
文が書籍となり
全国の本屋に
並ぶだと？
夢のやうだ

命
ある限り
人生は
幾等でも
挽回《ばんかい》出来る

跋

草壁焰太

高原さんは処女歌集『雅』を刊行されたとき、すでにこの『紬』の原稿をまとめていた。不思議な頭を持った人で、タイトルを決めるとすぐに中身の歌が出始め、やがて一冊の歌集となる。その歌の順序などは、ずっと変わらず頭の中にあるようである。このことに私は驚く。今、もう十冊の歌集が出来ていると言われても、私は驚かないであろう。

彼女は、読売新聞埼玉版の五行歌欄にも毎週投稿してくるが、その一週間の投稿が約四百首におよぶ。この歌集と比べれば二冊分以上がそこにある。

ということは、毎週歌集一冊分くらいの歌を書いているということである。

いままであらゆるうたびとのタイプが歌仲間にいたが、多作といってもこれほど書く人は珍しい。私自身も三、四十代には一週間に詩集一冊分くらいの詩を書いていたから、高原さんの書きっぷりに驚きはしないが、これが二年に近くなるまでずっと続いているのにはかなり驚いている。

人に制約を与えることが最も嫌いな私も、ちょっと困ったなと思うくらいになった。というのも、私は毎週その四百首を読むからである。歌がまずいということはない。むしろ、書き込んで歌はよくなっている。しかし、ちょっと時間が…、というのが私の困る理由である。彼女の歌のなかにも、こんなに書いていいものかという歌があるから、これほど書くのはどうかなと、ほぼ同時に思っているということである。

彼女は歌を作ったことがないという。歌は作るものではなく、魂の叫び声だというのである。思い澄ました状態で出てくるままを書くということだろうか。私自身も、そういうことはしばしばあったが、彼女の場合はそれが毎日のようにあるようだ。

そういう人にとって最も困ることは、発表の方法である。私も毎週一冊分くらい詩歌を書いたが、結局二十冊くらいしか詩歌集を出していない。

　彼女の頭はいつも何かをまとめていなければならない頭なのであろう。そういう頭脳というものも確かにありそうだ。私が書きっぱなしのときも、頭はそういう状態で、こういうときにストップをかけるのがいちばんよくないと私は思う。

　この『紬』は、そういう多産なうたびとの作品を一週間分程度かいつまんだものである。しかし、中身は緊張していていい。ときに、目が離れないような作品もある。

生きていれば　　　　毎日
誰もが　　　　　　　夫に
詩人である　　　　　恋をしていれば良い
あなたも　　　　　　そうだろう?
そして私も　　　　　そうだ

夢なんて
見るものじゃない
この手に
入れる
べきものだ！

緑色が
美しい
私は今まで
どのような緑色を
見て来たのだろう

私が選んで見ると、絞りに絞った末の誰にも否定できないような作品となる。こういう選択の方法もあるのかもしれない。高原さん、どう思う？

高原郁子（こうげん かぐわし）
1971年4月22日生まれ
香川県三豊市出身
四国学院大学文学部人文学科卒業
特技、陸上・硬式テニス
著書
五行歌集　『雅 -Miyabi-』（市井社）
絵本『ひいおばあちゃんのビー玉』（文芸社）

そらまめ文庫 こ 1-2

紬 -Tsumugi -

2018年9月23日　初版第1刷発行

著　者　　高原郁子《こうげんかぐわし》
発行人　　三好清明
発行所　　株式会社 市井社
〒162-0843
東京都新宿区市谷田町3-19 川辺ビル1F
電話　03-3267-7601
http://5gyohka.com/shiseisha/

印刷所　　創栄図書印刷 株式会社
装　丁　　しづく

ISBN978-4-88208-158-6

そらまめ文庫

み 1-1
一ヶ月反抗期
14歳の五行歌集
水源《みなもと》カエデ五行歌集
800円

こ 1-1
雅
—Miyabi—
高原《こうげん》郁子《かぐわし》五行歌集
800円

こ 2-1
幼き君へ
〜お母さんより
小原さなえ五行歌集
800円

さ 1-1
五行歌って面白い
五行歌入門書
鮫島龍三郎 著
800円

※定価はすべて本体価格です